25367

ODE

AUX FRANÇAIS.

ODE

AUX FRANÇAIS,

PAR

A. H. L. LAMBERT,

Anc. Per. Cis. des Finances au Dép. du ci-dev. Domaine du Roi.

Non minùs est virtus quàm quærere parta tueri.

OVID.

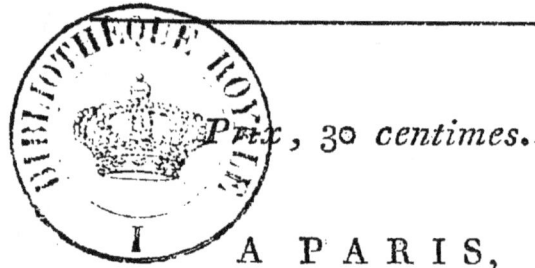

Prix, 30 centimes.

A PARIS,

Chez { VENTE, Libraire, boulevart Italien, N°. 340.
DEBRAY, Libraire, place du Muséum.
BONTEMPS, Libraire, rue de la Loi, près la fontaine Traversière.

Et chez les Marchands de Nouveautés.

AN XI. -- 1803.

AVANT-PROPOS

Indiquant les intentions de l'Auteur.

L'ODE qu'on va lire a été, comme je l'annonce, composée à une époque malheureusement trop remarquable par de fâcheux événemens, et où, l'horizon de la France se rembrunissant chaque jour sensiblement, il était difficile de prévoir que nous fussions si près de ce calme intérieur dont nous jouissons, et de ce bonheur dont l'aurore brille déjà d'un éclat trop pur pour ne pas nous promettre un tems d'une sérénité parfaite et durable.

Je n'entreprendrai point de la justifier comme poëme; l'Auteur ne se dissimule pas que ce genre de poésie exigeant, plus que tout autre, la chaleur et la verve qui se trouvent bien rarement dans un sexagénaire, il a à lutter contre un préjugé si défavorable, que, pour triompher de toute sa répugnance à la mettre au jour, il n'a fallu rien moins que le desir de faire servir le produit de son débit, si elle en a, à grossir la masse des offrandes faites, dans le moment présent, par tous ses concitoyens à la patrie. Ce motif est le véritable introducteur dans le monde de ce petit ouvrage ; puisse-t-il y être aussi son patron, et l'y faire accueillir favorablement ! C'est d'ailleurs au Lecteur seul à décider de son mérite comme Ode.

Je me bornerai donc à l'assurer qu'en y travaillant, je n'étais inspiré que par cet amour que tout bon Français a dans le cœur pour son pays, et qu'il y nourrit avec une fidélité à l'épreuve même de ses rigueurs. Je lui avouerai aussi que j'avais encore pour but d'émettre avec quelque développement mon opinion personnelle sur l'inutilité, sur le danger même dont il est pour le vrai bonheur des peuples, que les Républiques naissantes à qui la Nature a donné, en territoire et en population, une grande puissance, se livrent avec trop d'ardeur à ce goût qu'elles semblent presque toujours avoir pour étendre extérieurement leurs conquêtes : opinion que je crois sage, comme étant fondée sur l'expérience de tous les siècles ; et que tous les raisonnemens de la gloire et de l'ambition, tout séduisans qu'ils peuvent être, auront bien de la peine à détruire.

ODE

ADRESSÉE AUX FRANÇAIS EN L'AN VII,

A l'occasion des événemens militaires de la campagne faite, cette même année, en Italie, et à l'époque de la nouvelle des premiers succès de l'expédition d'Egypte sous le commandement de BONAPARTE.

MUSES, si de faveurs légères
Vous m'honorâtes quelquefois,
Pour moi, de présens moins vulgaires
Daignez aujourd'hui faire choix;
J'ai besoin d'un ton plus sublime;
Pour le sentiment qui m'anime
Prêtez-moi des accords touchants;
C'est au bonheur de ma patrie,
C'est à cette mère chérie
Que je veux consacrer mes chants.

PEUPLE! où t'emporte un vain délire?
Quel est ce désir effréné?
Tu veux accroître ton empire
Lorsque tu l'as abandonné.
Montre-toi le seul vraiment sage;
Laisse aux autres cet esclavage
Que leur assurent leurs erreurs;
Ton ambition importune
Veut-elle donc de la fortune
Fatiguer enfin les faveurs?

JUSQU'A quand, ravageant la terre,
A tous ces mortels consternés
Feras-tu sentir ton tonnerre?
A tes pieds ils sont prosternés;
Que ta clémence les contemple:
Sois pour eux toi-même un exemple
Des biens qu'offre la Liberté:
Ils vont en adorer l'image,
Si le bonheur est le partage
Du peuple qu'elle a visité.

QUEL est ce héros qui, des trônes,
Ebranle jusqu'aux fondemens ?
Devant lui tombent les couronnes
Des rois à son aspect tremblants;
Ce favori de la Victoire,
Cet amant heureux de la Gloire
Pourra-t-il cimenter la Paix ? (1)
Non, je le vois franchir les ondes
Pour fonder dans de nouveaux mondes
De nouveaux empires Français.

QUELS fruits produira son absence ?
De vastes projets traversés;
La rage soufflant la vengeance
Chez ceux qu'il avait terrassés.......
Je tremble qu'un peuple homicide
Ne t'offre une amitié perfide,
Cachant un poignard assassin;
Et que, pour seul prix de ton zèle,
Sa main impie et criminelle
Ne plonge ce fer dans ton sein.

---

(1) *Campo-Formio* en avait vu établir les bases; mais que d'événemens ne se sont pas succédés, avant qu'elle acquît quelque consis-
tance !

S I tes phalanges invincibles

Epouvantent tes ennemis,

Prouve-leur par des traits sensibles.

Que tu les voudrais pour amis;

Bannis franchement leurs alarmes; (2)

Qu'ils voyent enfin, au lieu d'armes,

Briller l'olivier dans ta main ;

Et qu'ils sachent que ta justice

Ne regrette aucun sacrifice

Pour le bonheur du genre-humain.

O u i, je partage la colère

Que t'inspirent tant de forfaits;

Tu dois, pour exemple, à la terre

De punir ce féroce Anglais;

Il faut que ce fier insulaire

Reçoive le juste salaire

De sa coupable avidité ;

Mais, poursuivras-tu tes conquêtes,

Quand, par les maux et les tempêtes,

Ton sein est encor tourmenté?

(2) Malheureuses et honteuses conférences de Rastadt ! vous ser-
viriez long-tems de modèle à tous les diplomates de mauvaise-foi, si
vos funestes et sanglans résultats n'avaient de quoi les effrayer à jamais.

LE fils, de son malheureux père,

Déplore encore le trépas;

Le frère regrette son frère;

Mon ami repousse mes bras ;

La délation criminelle (3)

Tient encor dans sa main cruelle

Le fer qui me perce le flanc ;

Je vois les vertus ignorées,

Tristes, tremblantes, éplorées,

Fuir ce monstre altéré de sang.

COMMENT vous soustraire à l'atteinte

De ce fléau de son pays !

Hélas! de l'humanité sainte

Jamais il n'écouta les cris :

Il déchire, dans sa furie,

Le sein de sa propre patrie,

Et, pour lui, ce jour est perdu,

Il en hait même la lumière,

Si sous son arme meurtrière

Votre sang n'est pas répandu. (4)

(3) Qui ne voyait, à cette époque, dans les séquestres, les déten-
tions, les déportations arbitraires, le retour du terrorisme avec tout
son hideux et épouvantable cortége ?

(4) On pourra vraisemblablement reconnaître ici le véritable jacobin.

AINSI, d'un gardien inhabile,

Trompant les soins, un insensé,

Parvient à franchir cet asile

Où le bon ordre l'a placé;

Libre, on voit croître sa démence :

Il court, il bondit, il s'élance

Sur cette troupe qui le fuit :

A sa poursuite nul n'échappe,

Et sa fureur aveugle frappe

Jusqu'à la main qui le nourrit. (5)

EST-CE donc un désir avide

Pour des biens que tu n'aurais pas,

Qui porte ta course rapide

Au centre de tant de climats ?

Ah ! tout te dit que la nature

T'a voulu combler sans mesure

Des plus rares de ses bienfaits,

Et qu'avec ce brillant partage,

Il te suffit de faire usage

Des dons que le Destin t'a faits.

---

(5) Quelle teinte plus douce peut-on donner aux traits du terro-
riste, et que peut-on faire de plus favorable pour lui, que de le com-
parer à un fou furieux échappé de sa loge !

Vois ces monts , vainqueurs des années,
Perdant leur sommet dans les cieux,
Pour tes plaines qu'ils ont bornées ,
Du Midi tempérer les feux;
Le Rhin superbe, dans sa course,
Te forme , du côté de l'Ourse ,
Le plus redoutable rempart;
Et ton incroyable fortune
T'a, de l'empire de Neptune,
Entouré de toute autre part.

Est-il rien dans d'autres contrées
Qui soit digne de tes exploits ?
Que de richesses concentrées
Dans celles qui sont sous tes lois!
Quelle salubrité t'assure
Cette heureuse température
Qui règne sous ton horizon !
Ah! borne-toi dans ces limites,
Que t'ont si sagement prescrites
Et la Nature, et la Raison.

OUI, qu'une sage prévoyance

Te ramène dans tes foyers;

Rends à ton pays l'abondance,

Et le repos à tes guerriers :

Ne redoute point, pour ta gloire,

Qu'en aucun tems ton territoire

Par tes voisins soit envahi ;

Ils pèsent dans leur politique

Que le sol de la République

Dévorera son ennemi. (6)

O France! qui pourra décrire

Les biens que pour toi j'en prévois.

Tout refleurit dans ton empire,

Mœurs, vertus, respect pour les lois:

Le faux ami de la patrie

Abjure en son ame attendrie

L'erreur dont il fut infecté,

Et, dans un repentir sincère,

Brûle son arme sanguinaire

Sur l'autel de la Liberté. (7)

(6) L'idée, et même les expressions que présentent les trois derniers vers de cette strophe, sont dues à M. de Laussat, aujourd'hui Préfet colonial de la Louisiane, et nommé même depuis peu, dit-on, ambassadeur aux Etats-Unis, à qui, par hommage à la vérité, je les restitue. Je les ai puisées dans un discours qu'il fit alors au Conseil des Anciens, dont il était un des membres les plus distingués par son esprit, ses talens, sur-tout par la sagesse de ses vues, et la droiture de ses intentions; et j'avoue que ne trouvant pas de termes plus heureux pour exprimer ma propre pensée, je n'hésitai point alors à les lui emprunter.

(7) En effet, de tous ces jacobins trompés et entraînés par ces êtres

BIENTÔT, à la raison rendue,

Et cherchant le calme et la paix,

L'*Aigle* elle-même confondue,

Rougit en brisant tous ses traits :

Alors, de l'un à l'autre pôle,

Tes pavillons, au gré d'Eole,

Flotteront sur toutes les mers,

Et du Couchant jusqu'à l'Aurore,

Au lieu de ces biens qu'il dévore,

A l'Anglais donneront des fers. (8)

profondément atroces qu'on appelait les *meneurs*, peut-être n'en reste-t-il pas aujourd'hui un seul qui ne déteste ces séducteurs impies, et ne gémisse de bonne-foi sur les horreurs qu'ils lui ont fait commettre.

(8) Depuis, les effets ont de beaucoup dépassé cette espèce de prédiction; et la paix en Europe, au lieu de partielle, est devenue générale, et le serait même encore aujourd'hui, sans la mauvaise-foi manifeste de ces insulaires, pour qui la paix avec nous est apparemment un état de langueur insupportable; mais l'auteur de cette Ode est excusable, sans doute, de n'avoir pas prévu tout ce qu'exécuterait d'inconcevable l'heureux génie que la main bienfaisante de la Providence a donné à la France pour la gouverner.

I